西瓜游泳池、

安寧達 著·繪
馮燕珠 譯

夏天太陽最火熱的時候，
西瓜也都熟透了。

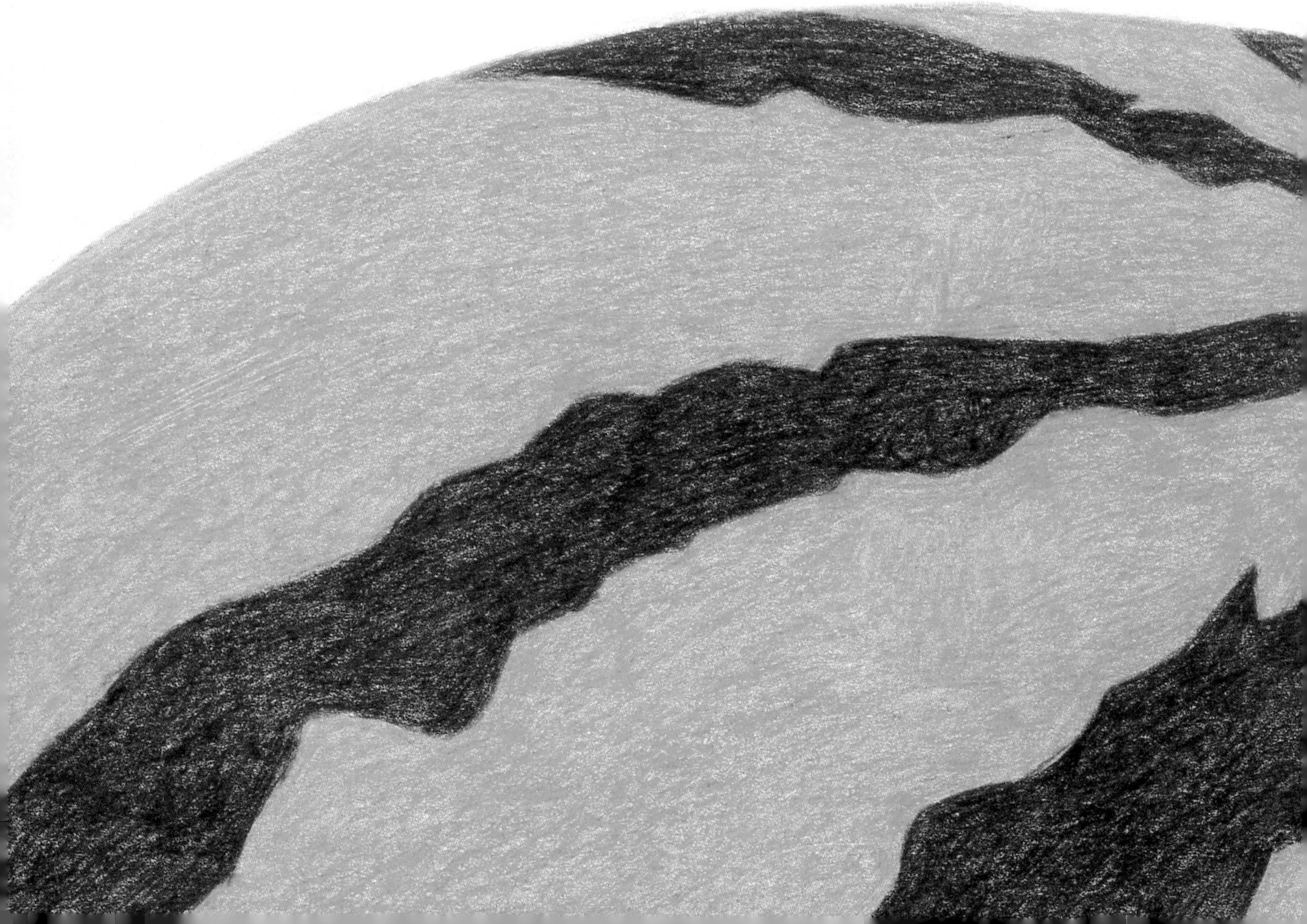

作者簡介　安寧達

在依山傍水的山村學校學習視覺設計，現為專職插畫家，插畫作品有《真的啦》、《晚安，可可》。二〇一五年出版第一本圖文創作繪本《西瓜游泳池》，獲得廣大迴響，並入選第五十六屆韓國文化獎（青少年組），之後走上繪本創作之路，擅長以色鉛筆創作，畫風質樸溫暖。代表作有《西瓜游泳池》、《奶奶的暑假》、《我們總是會再見面的》、《梅莉》、《因為啊......》。
筆名「安寧達」源於韓文發音「안녕달」，意即「你好，月亮」之意。

譯者簡介　馮燕珠

新聞系畢業，曾任職記者、公關、企畫工作。之後為精進韓文，毅然辭掉工作，赴韓進修語言。並於課餘時間教授韓國人中文。回國後從事與韓文相關工作，包括教在台韓國人中文，以及翻譯書籍、韓劇與口譯等。

西瓜游泳池

作　　者 ▸ 安寧達
譯　　者 ▸ 馮燕珠
副 社 長 ▸ 陳瀅如
總 編 輯 ▸ 戴偉傑
特約編輯 ▸ 王凱林
行銷企畫 ▸ 姚立儷
美術排版 ▸ 陳宛昀

出　　版　木馬文化事業股份有限公司
發　　行　遠足文化事業股份有限公司 (讀書共和國出版集團)
地　　址　231新北市新店區民權路108-4號8樓
電　　話　02-2218-1417
傳　　真　02-2218-0727
Email　service@bookrep.com.tw
郵撥帳號　19588272木馬文化事業股份有限公司
客服專線　0800-221-029
法律顧問　華洋法律事務所　蘇文生律師
印　　刷　前進彩藝有限公司
2019（民108）年7月初版一刷
2024（民113）年2月初版九刷
定　　價　380元
ISBN　978-986-359-685-1

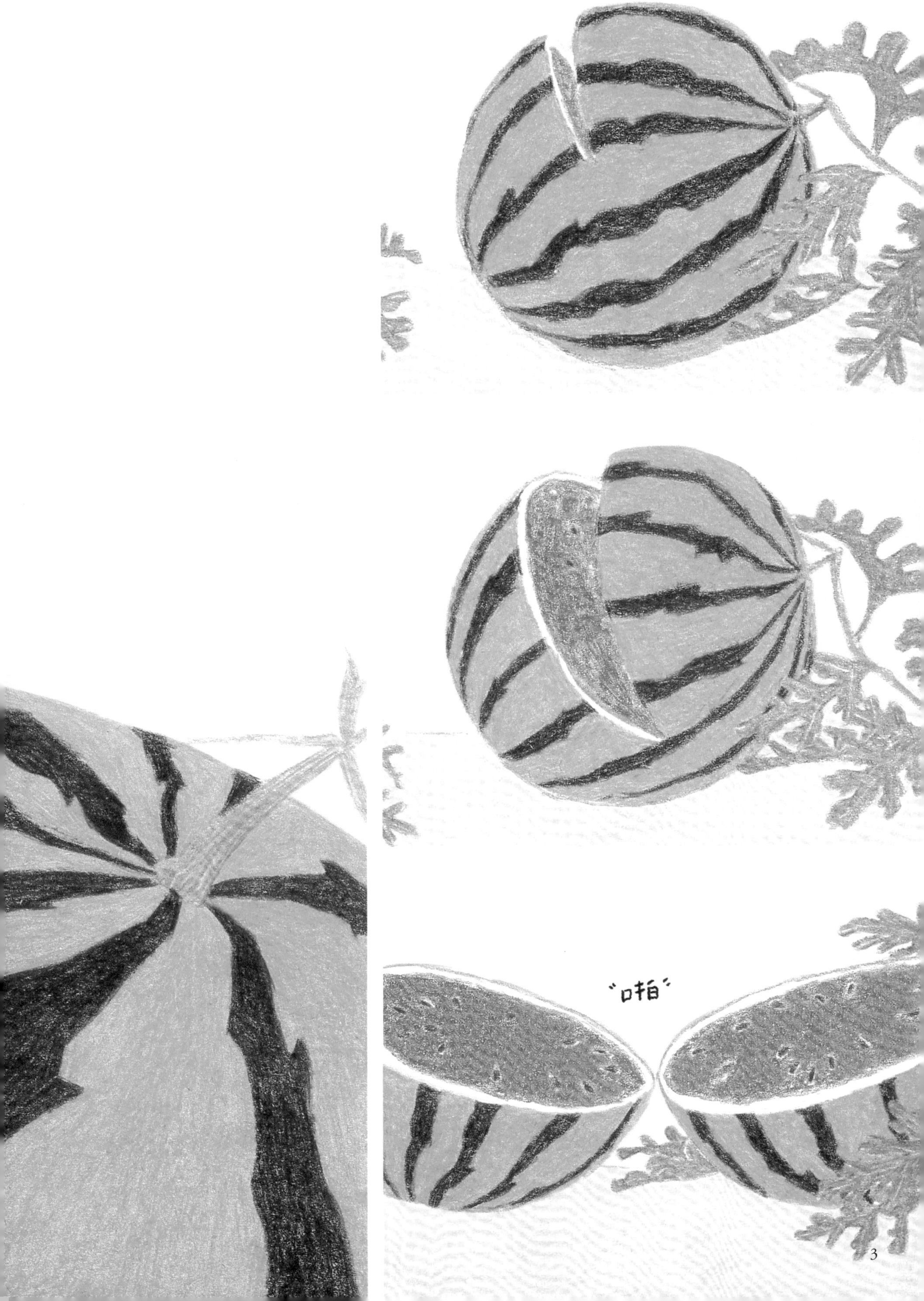
啪

咦!這樣看起來
什麼都沒有啊!

咔

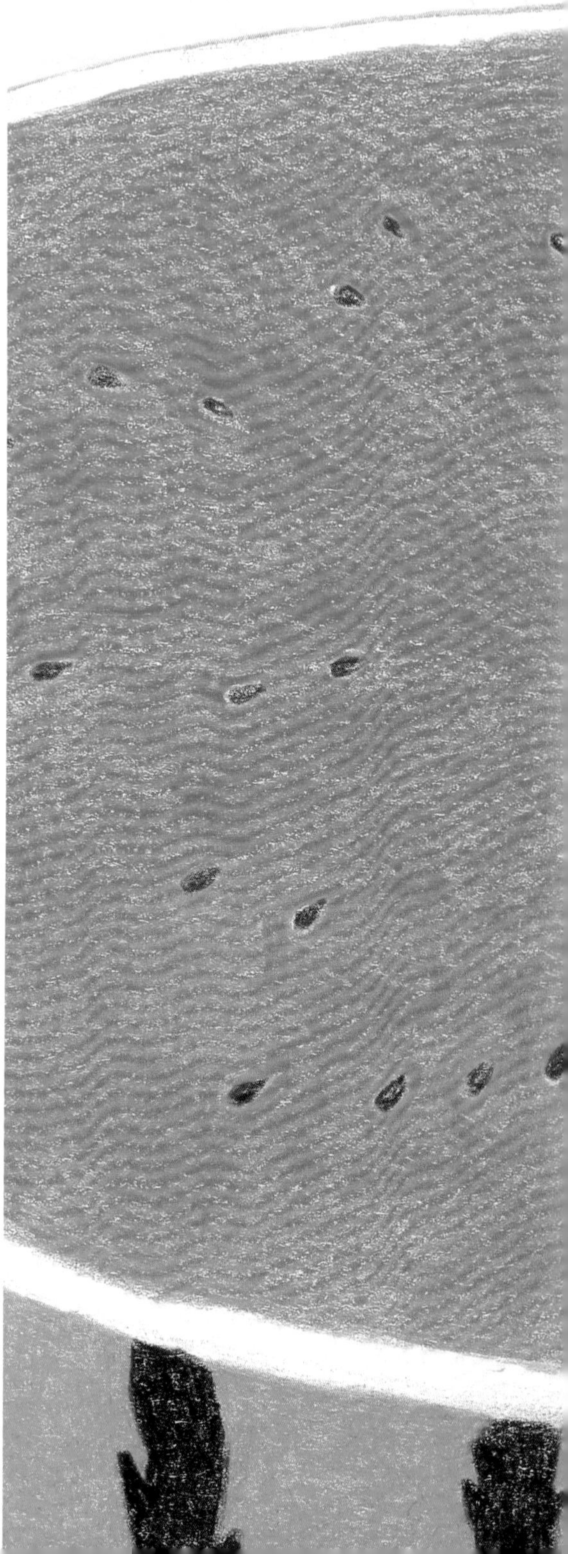

西瓜游泳池也即將開放了。

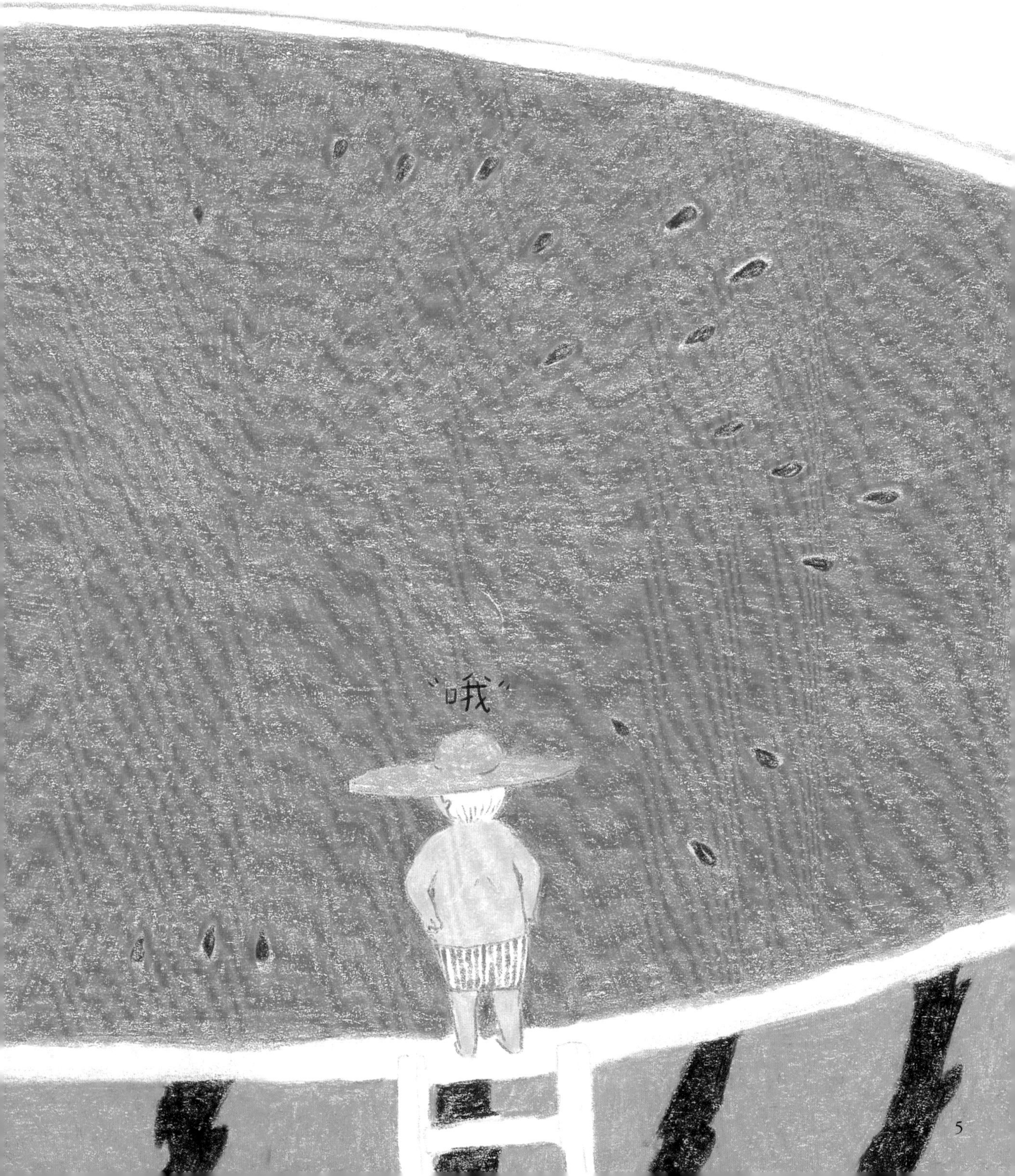

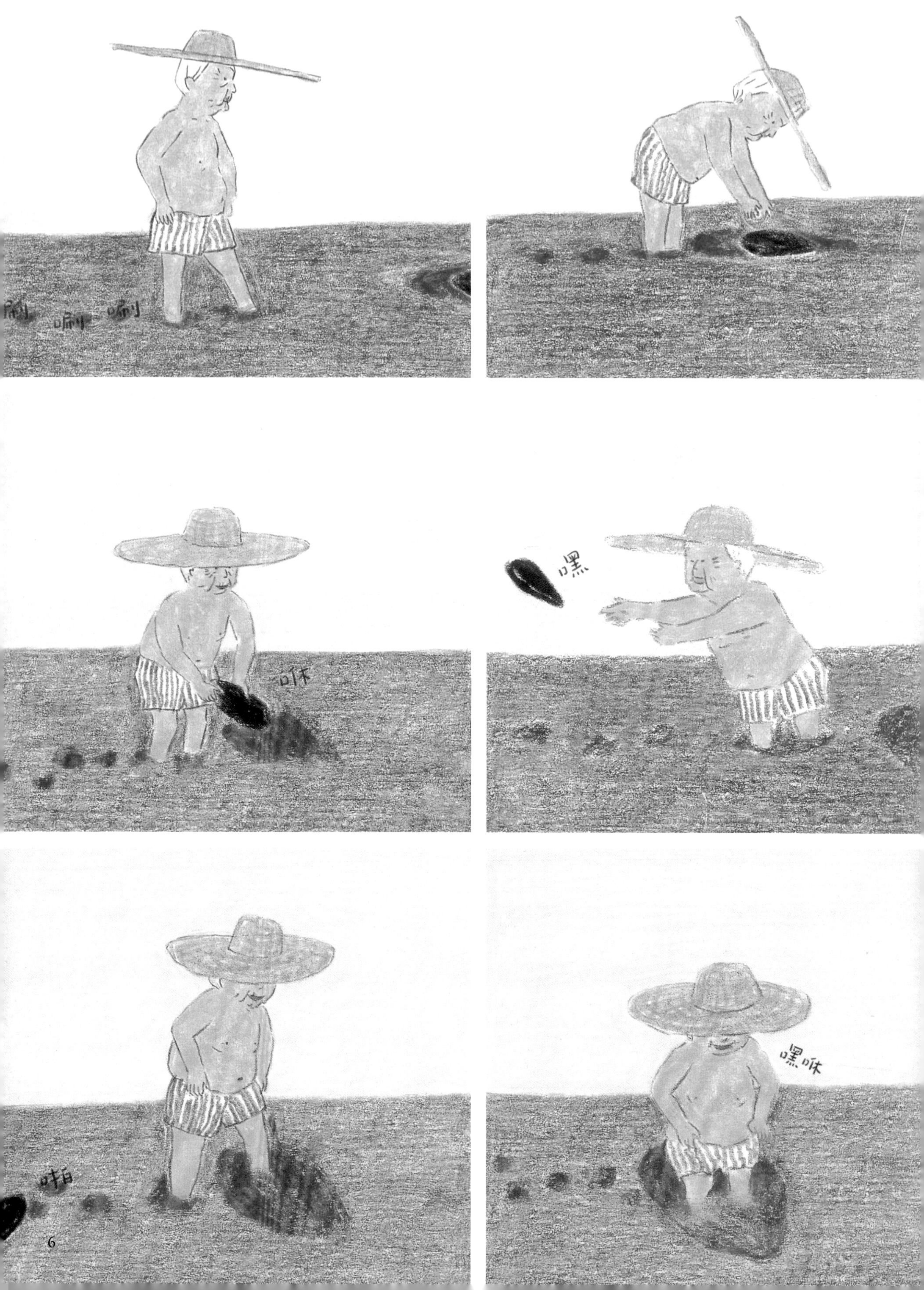
唰
唰
唰
咻
嘿
啪
嘿咻

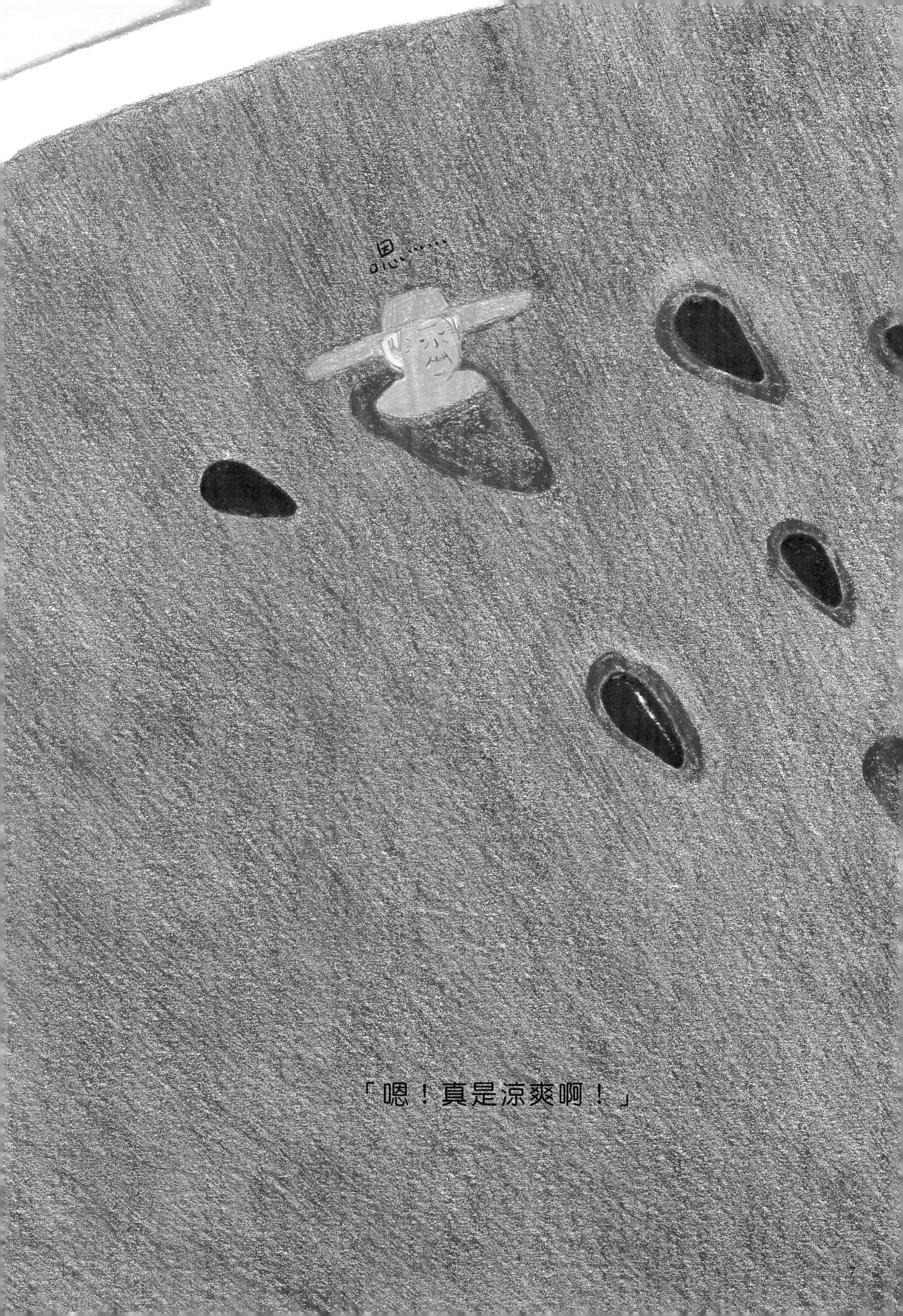

「嗯！真是涼爽啊！」

「哎喲！好熱啊！
聽說隔壁村的椰子游泳池已經開放了，
我們的西瓜游泳池也差不多要開放了吧！」

「就是說啊。今年的西瓜游泳池會怎樣呢？
去年西瓜籽太多，
游起來好辛苦啊！」

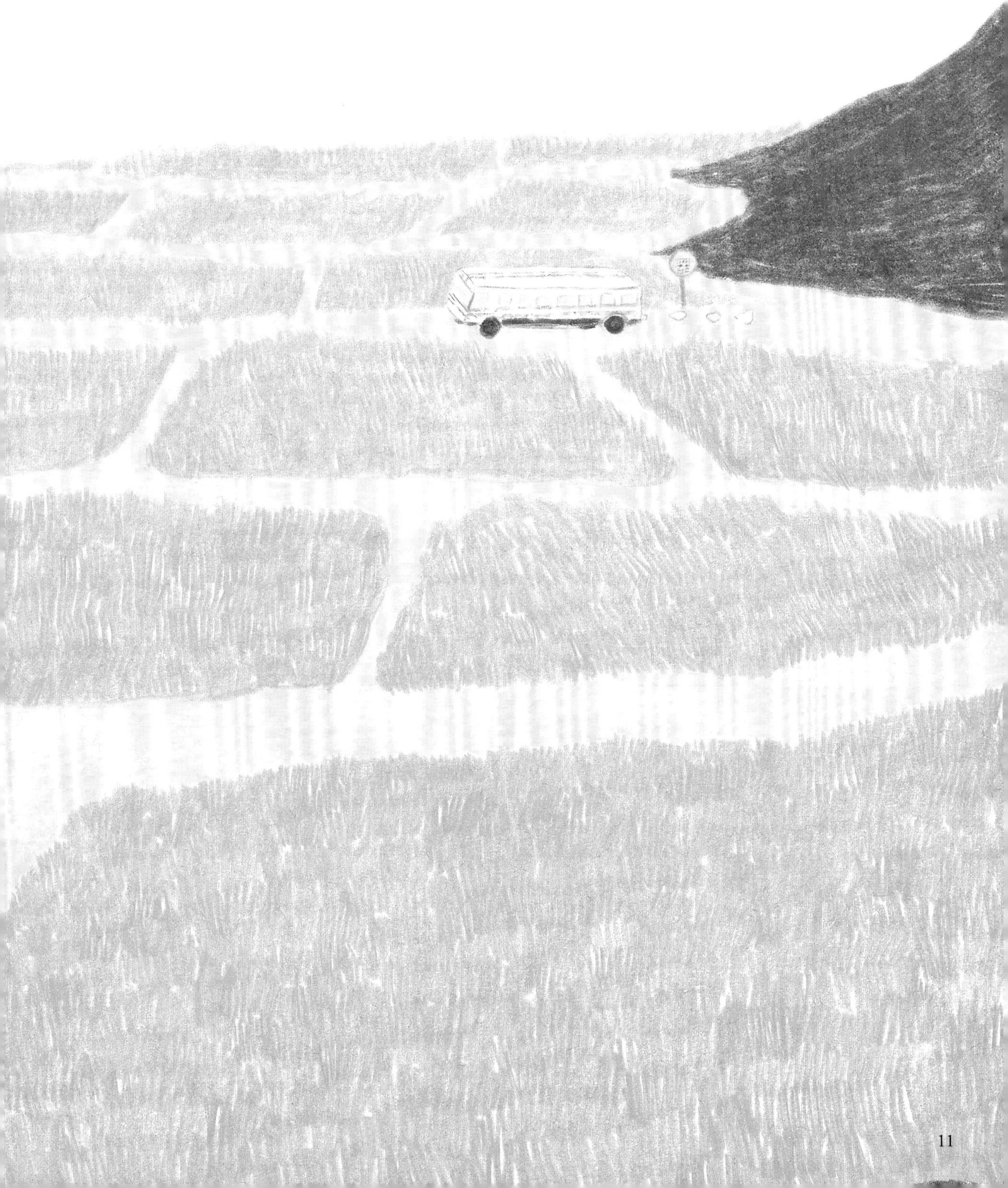

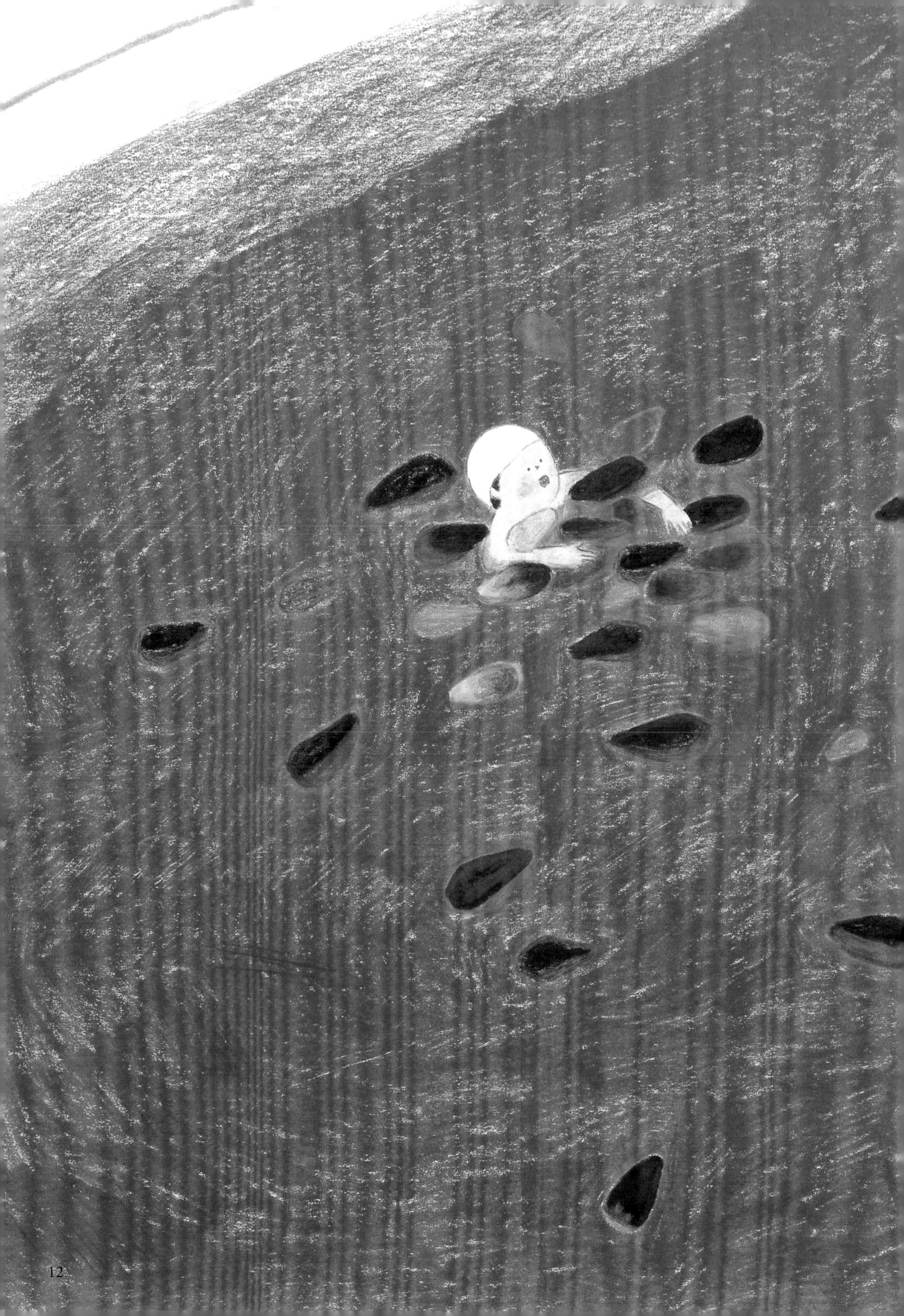

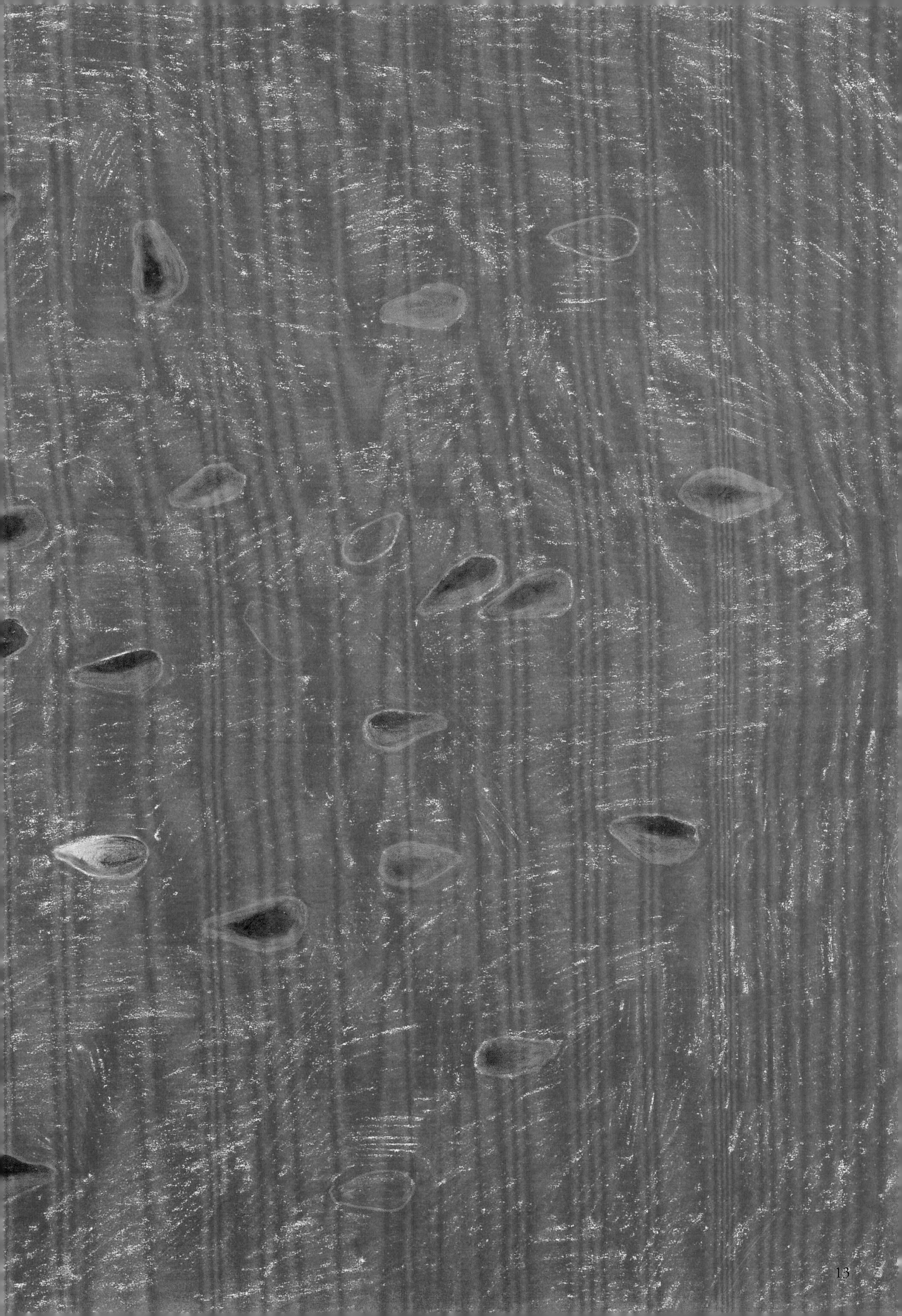

啪 噠
啪 噠
啪 噠
啪 噠
啪 噠
啪 噠
啪 噠
啪噠
啪 噠
啪 噠
啪 噠

啪噠
啪噠
啪噠
啪噠
啪噠
啪噠

呵呵！
孩子們可興奮了！

啪噠 啪噠
啪噠
啪噠
啪噠 啪噠

妳要去哪？
西瓜游泳池！
咿呀啊啊！

哎唷！
阿姨好！
嘿呀呀！

哇！看到了！
哦哇哇哇

呀哈！你看你看！

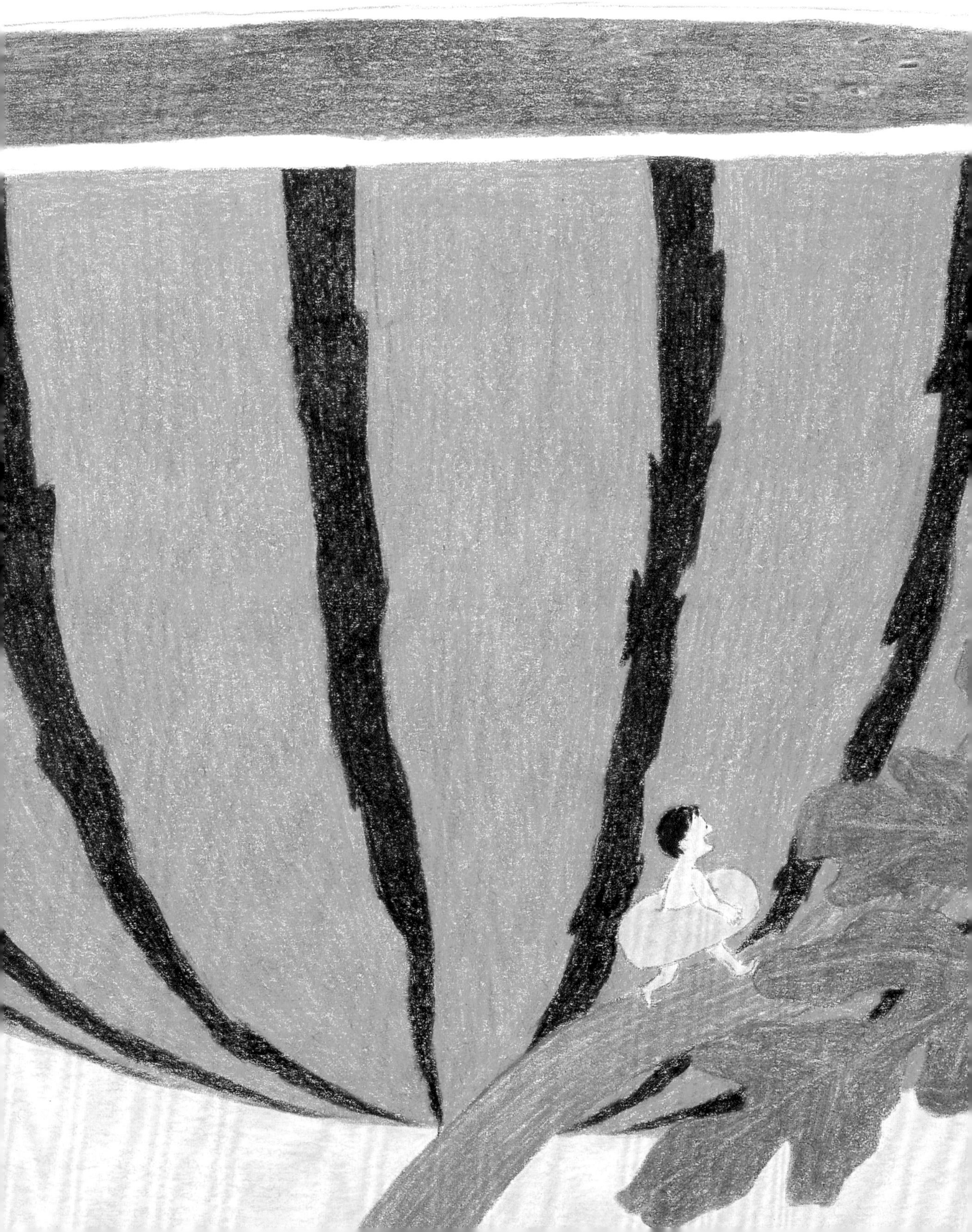

哇啊!!

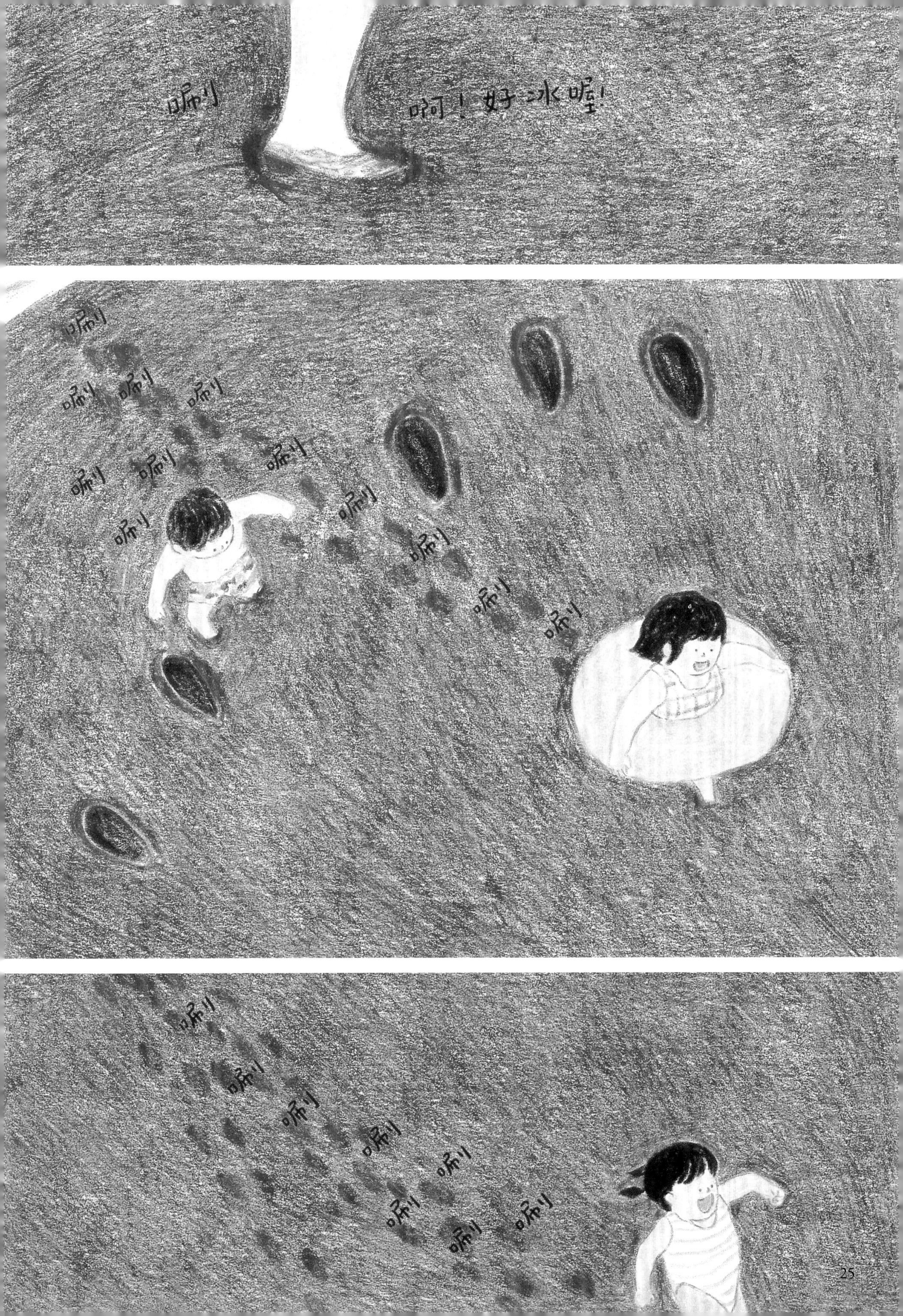
唰
啊！好冰喔！
唰
唰
唰
唰
唰
唰
唰
唰
唰
唰
唰
唰
唰
唰
唰
唰
唰
唰
唰
唰

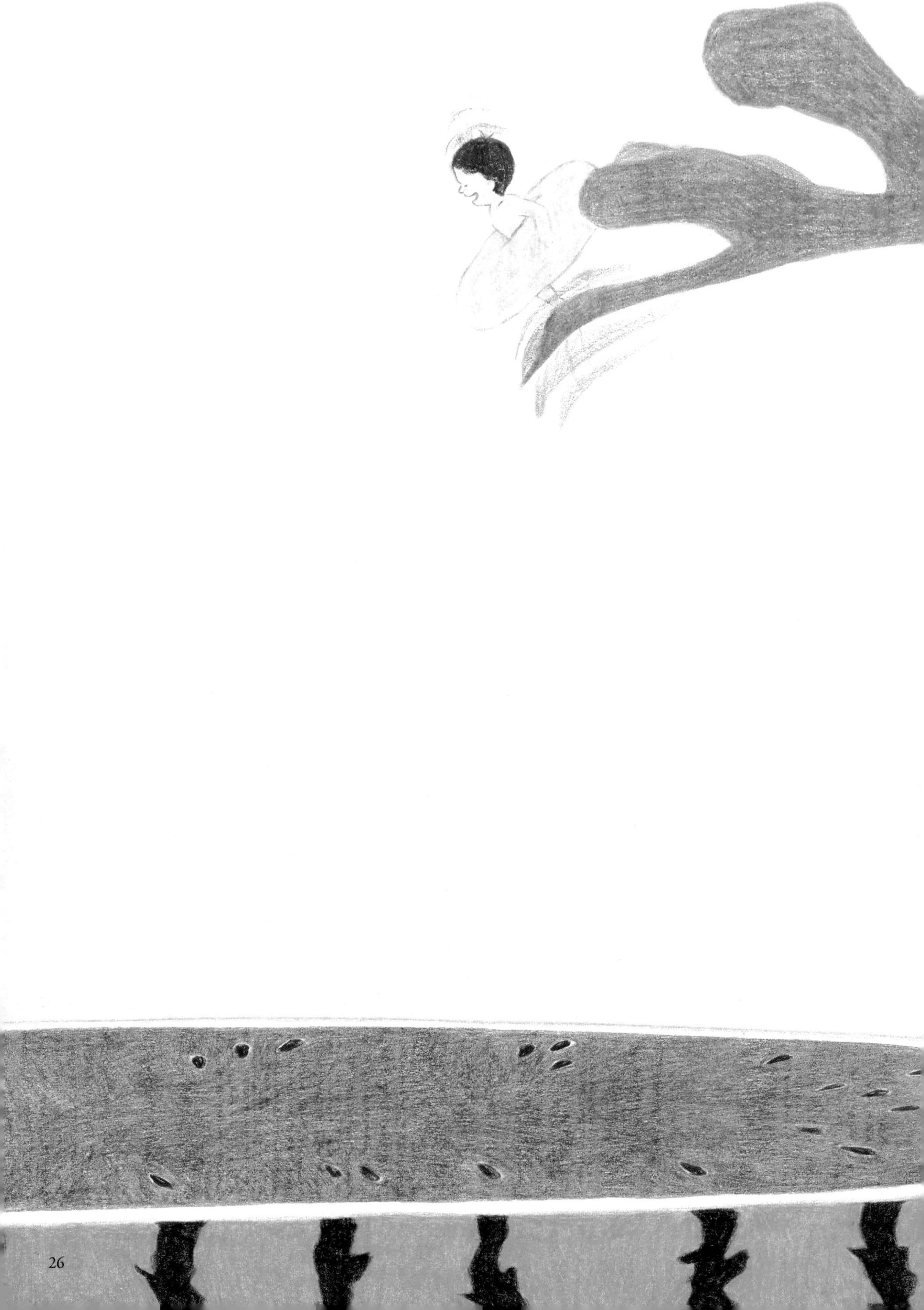

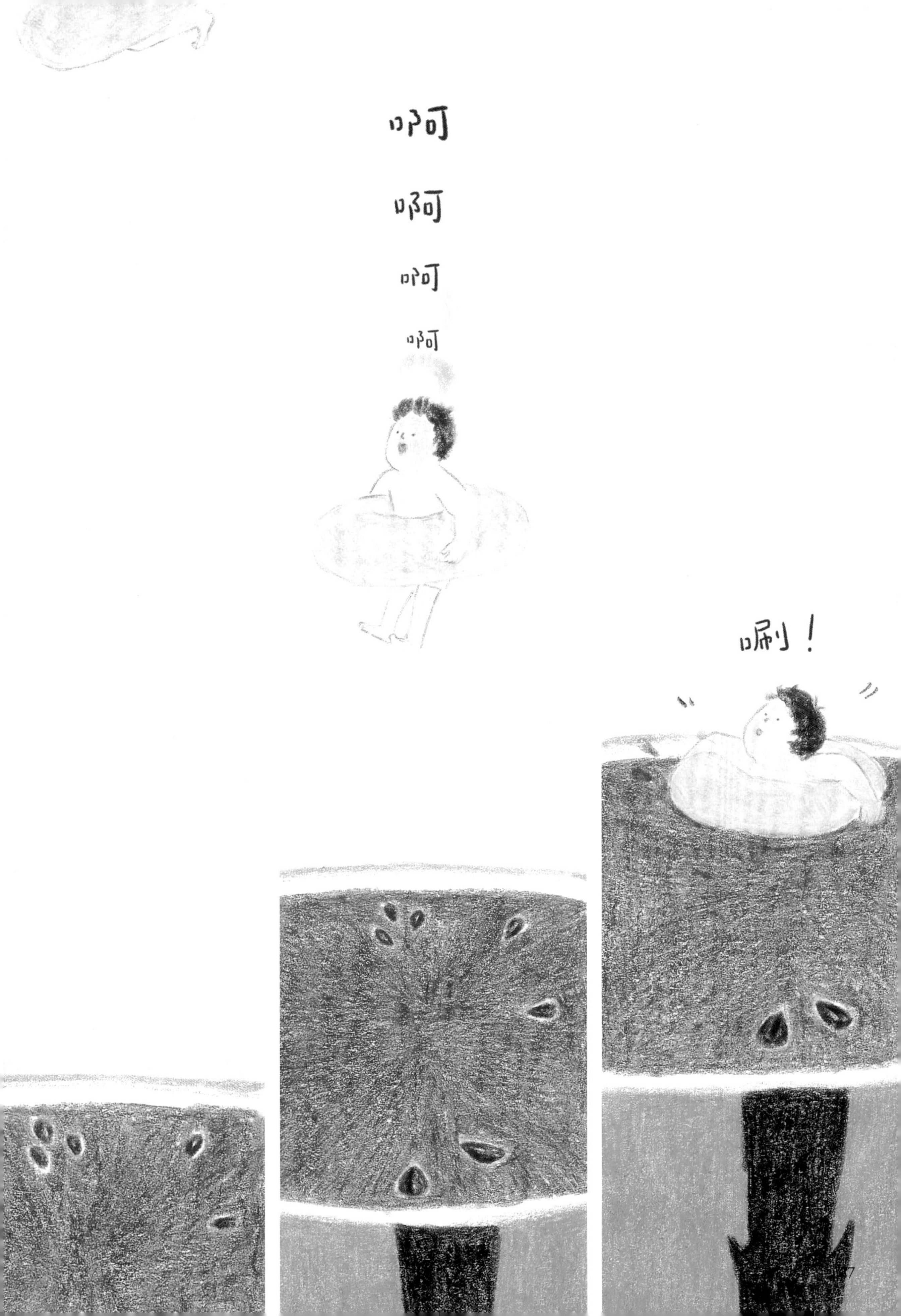
啊
啊
啊
啊
唰！

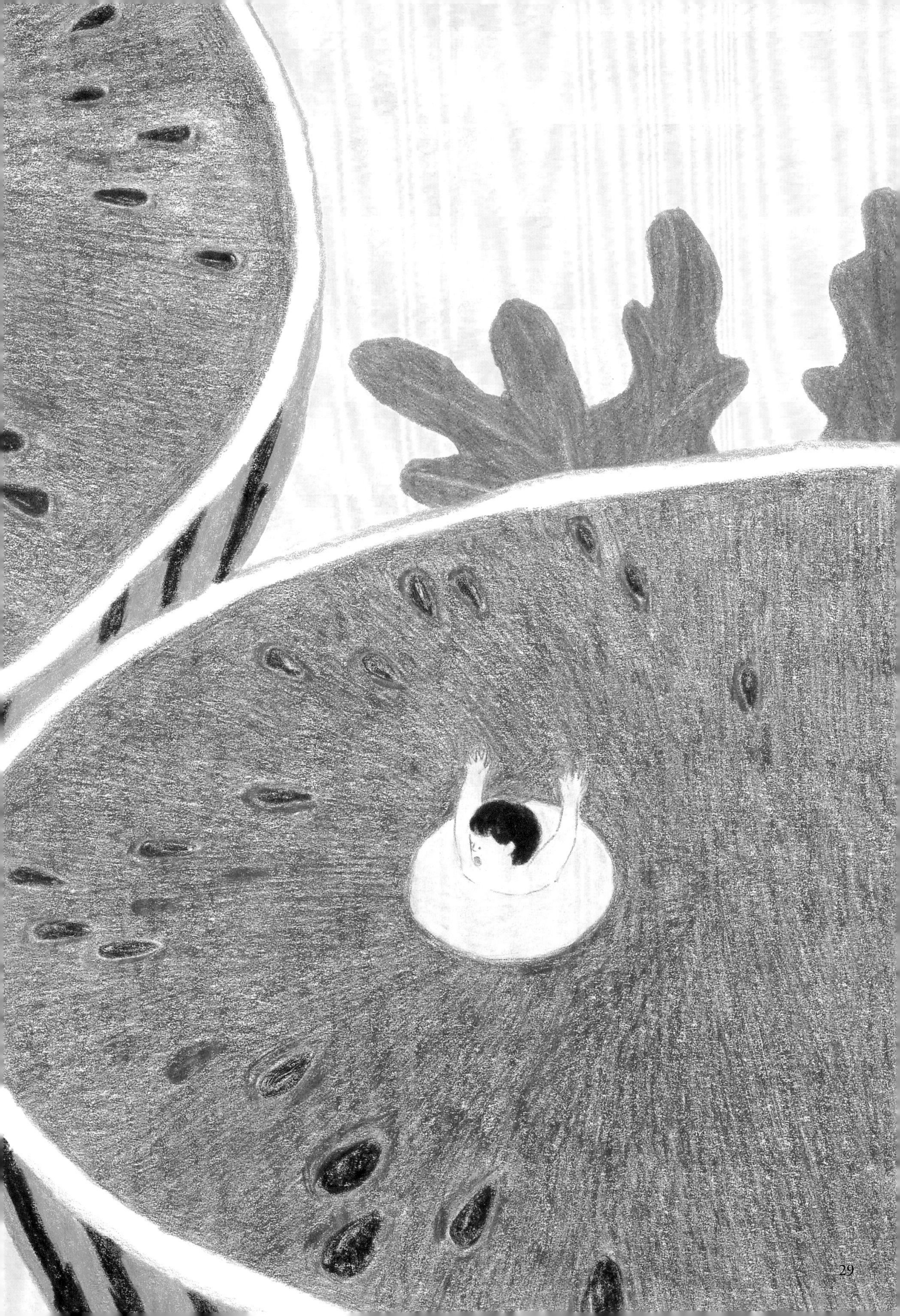

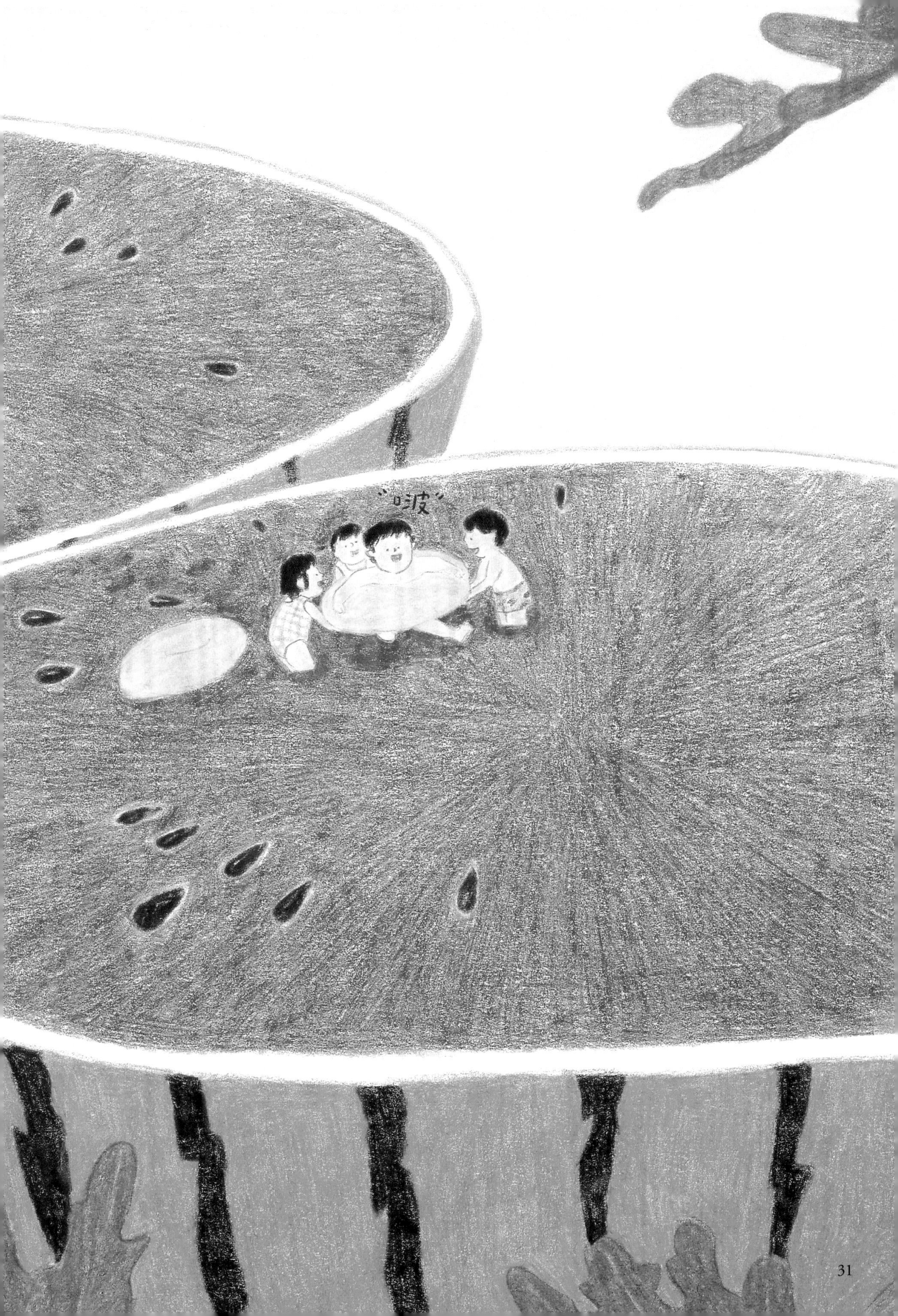
"啵"

哈嘿嘿……
不要啦!
你看這個!
呵!大家都
已經開始玩了

唰唰唰
啊哈呀呀呀！
接招，西瓜炸彈!!
哈哈哈
好冰啊!!!!!
嘿!!

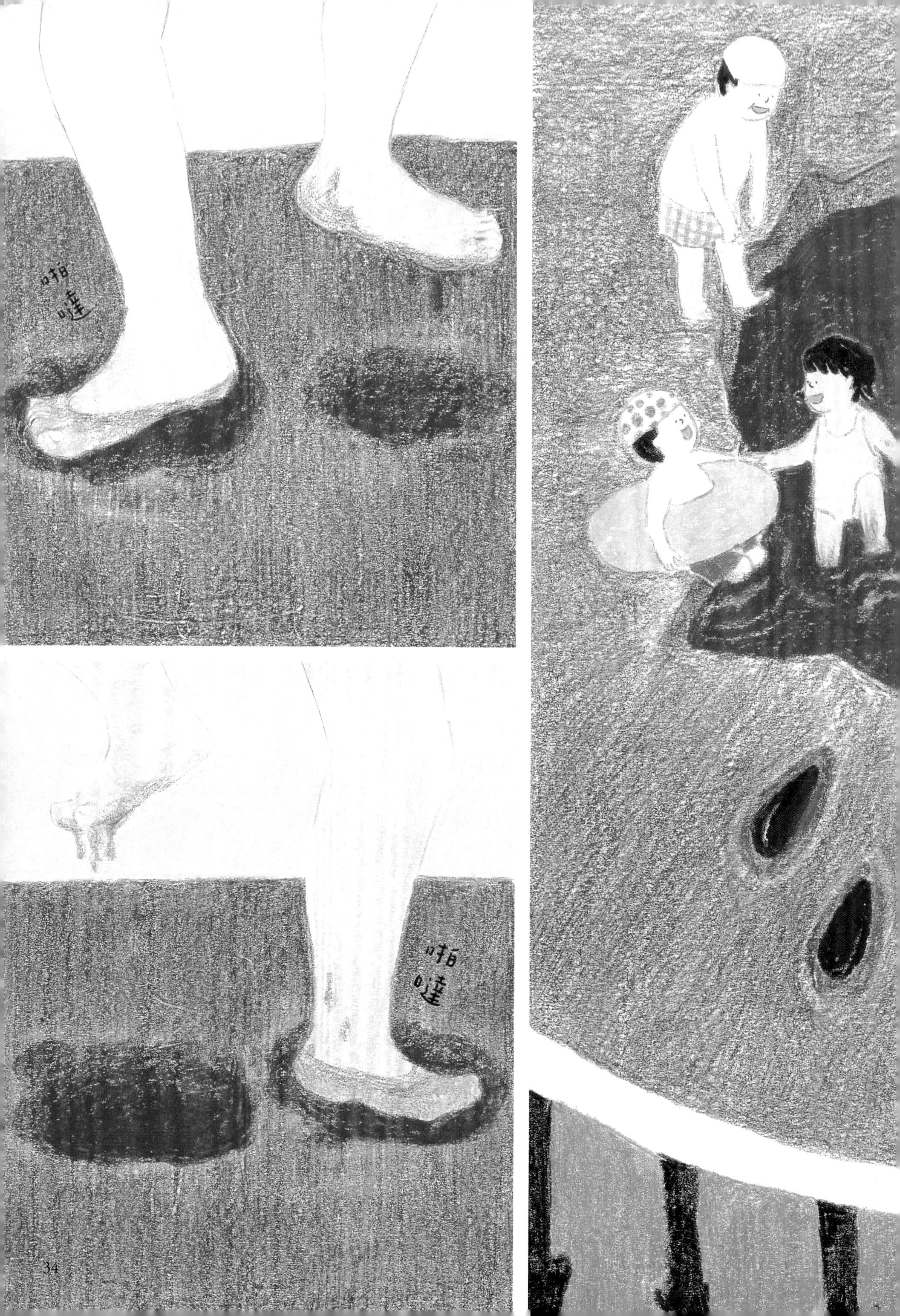
啪噠
啪噠

大家一起啪噠啪噠，
踩在紅色透明的西瓜汁裡。

在太陽最熱燙燙的時候，

他出現了。

今年雲朵商人的
白雲陽傘和烏雲淋浴器，
一樣大受歡迎。

啊！好涼爽！

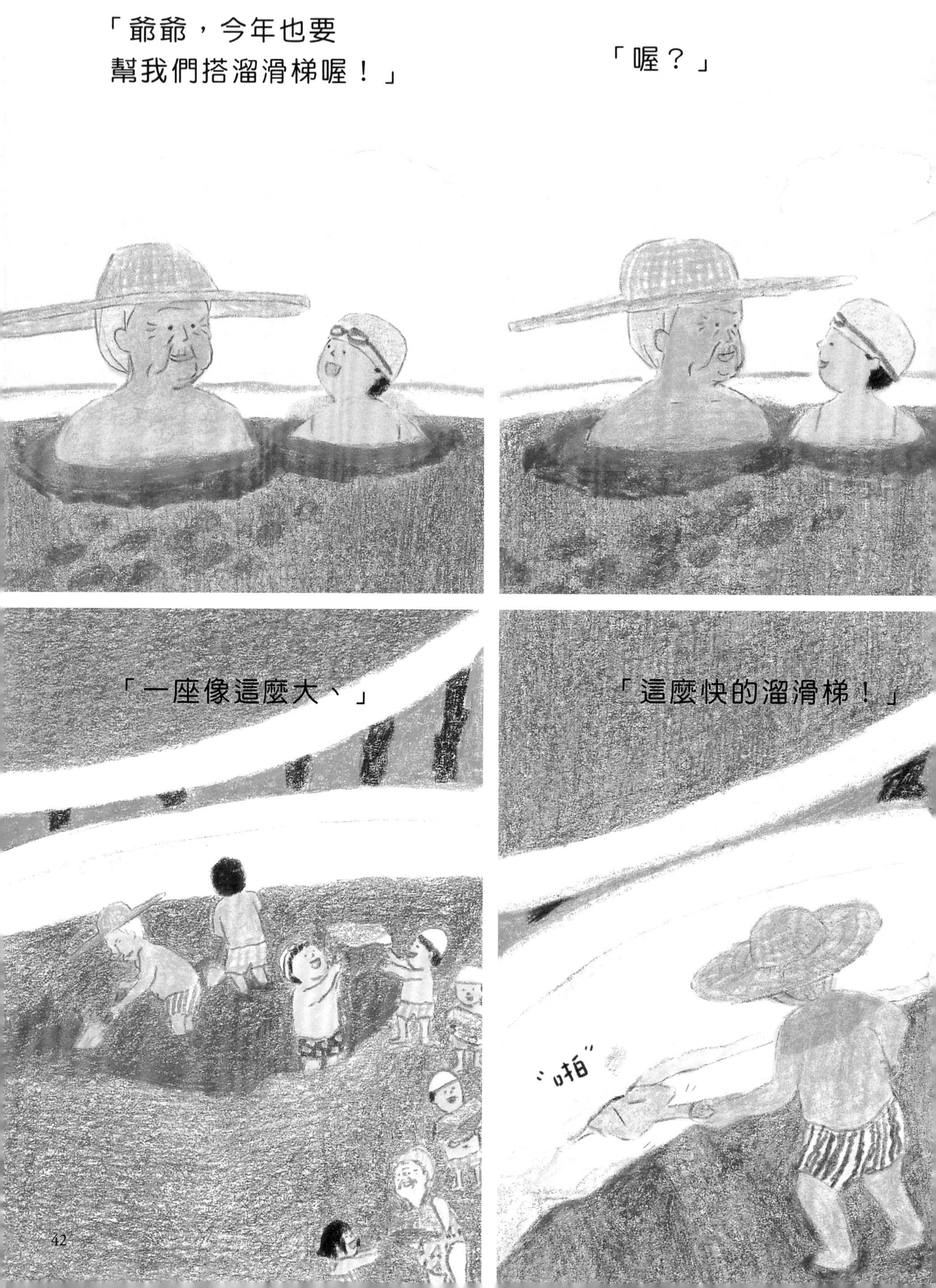
「爺爺，今年也要
幫我們搭溜滑梯喔！」
「喔？」
「一座像這麼大、」
「這麼快的溜滑梯！」
啪

「好了，很好。」

咻

我來了！
咻！
啪

不知不覺太陽下山了。

世界的顏色也變深了。

等到最後一個孩子
回家後……
好
小珍啊！
該回家了！！！

西瓜游泳池也要關門了。

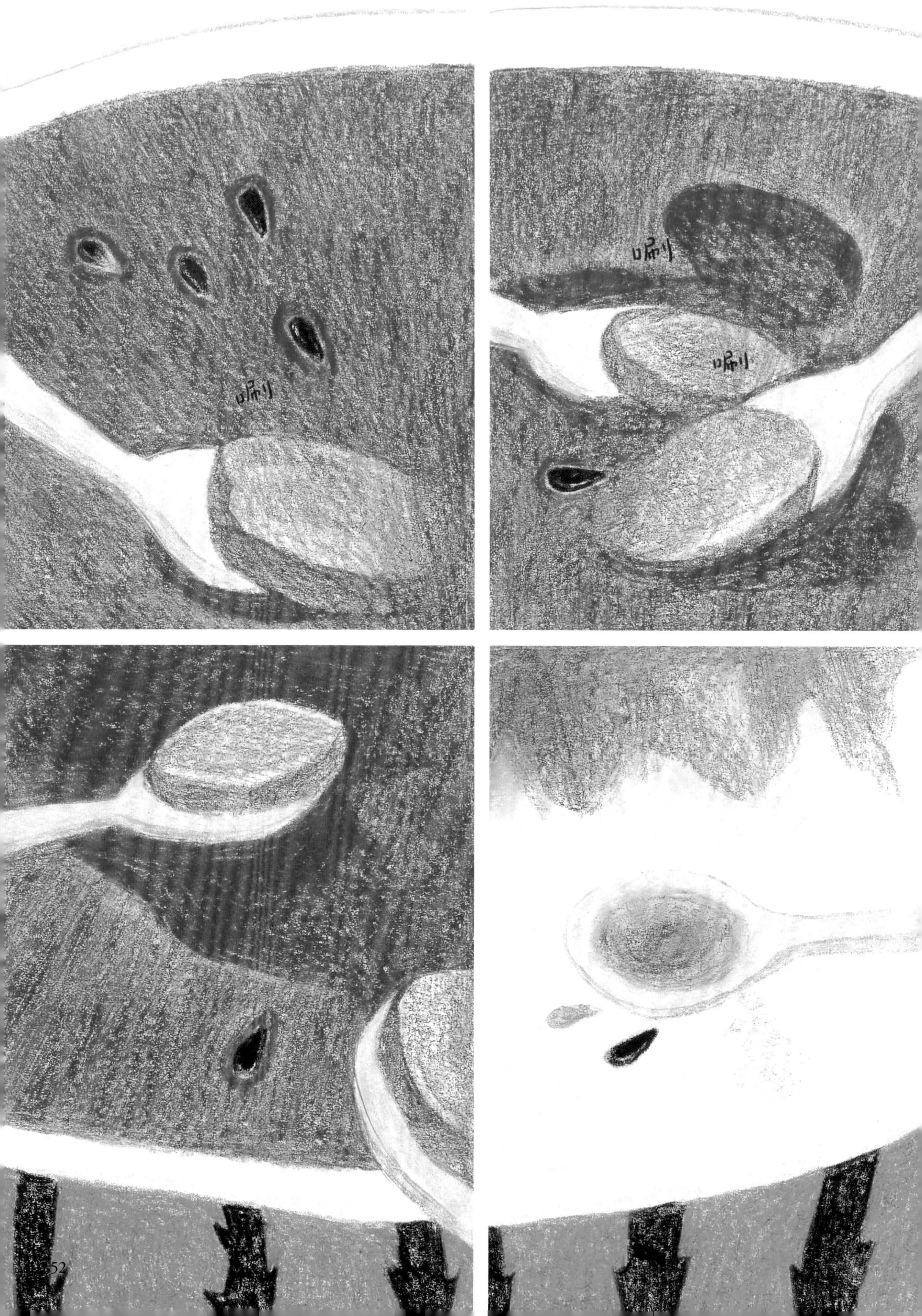
唰
唰
唰

不過沒有關係，
西瓜游泳池
明年也一樣會開放的。